핑퐁핑퐁

고찬규

1969년 전라북도 부안에서 태어났다.

경희대학교 국어국문학과를 졸업하고, 동 대학원 석사 과정을 수료했다.

1998년 『문학사상』을 통해 시인으로 등단했다.

시집 『숲을 떠메고 간 새들의 푸른 어깨』를 썼다.

2017년 경희문학상, 2018년 시와시학 젊은시인상을 수상했다.

파란시선 0009 핑퐁핑퐁

1판 1쇄 펴낸날 2016년 11월 15일

1판 3쇄 펴낸날 2020년 9월 10일

지은이 고찬규

디자인 최선영

인쇄인 (주)두경 정지오

펴낸이 채상우

펴낸곳 (주)함께하는출판그룹파란

등록번호 제2015-000068호

등록일자 2015년 9월 15일

주소 (10387) 경기도 고양시 일산서구 중앙로 1455 대우시티프라자 B1 202호

전화 031-919-4288

팩스 031-919-4287

모바일팩스 0504-441-3439

이메일 bookparan2015@hanmail.net

ⓒ고찬규, 2016, printed in Seoul, Korea

ISBN 979-11-956331-9-7 04810

　　　979-11-956331-0-4 04810 (세트)

값 10,000원

핑퐁핑퐁

고찬규 시집

나눌 수 있는 것은
밥이나 빵 같은 음식뿐만 아니라
마음이나 눈길도 있다
더러는
시간과 대화도 나눈다고 하는데
나눌 수 있는 많은 것들은 또한
함께할 수 있는 것들이어서
함께 나눈다고 하는가 보다

목련 그늘 아래 호젓함을 함께 나눈다
당신이 고맙다

차례

시인의 말

제1부

제3부

제1부

귀추

—하여가

서로 다른 꿈
나비와 나비를 좇는 아이
비틀거리며
앞서거니 뒤서거니
함께 다다른 곳은 꽃밭

그리하여,
꽃밭에서

꽃밭에서 어찌하여,

주말농장

참 용하기도 하지
씨앗만 뿌려 놓으면
어떻게 그렇게 닮은 것들이
목을 빼고 고개를 쳐드는지
시금치를 닮고 쑥갓을 닮고 옥수수를 닮은 것들로
주말에나 가는 주말농장은
주말이면 풀밭이 돼 있다

땅에서 막 올라온 것들
그 구분이 마냥 쉬울 수만은 없는데
농장지기 '아면 늙으면 죽어야재 할매'는
참 재주도 좋다
나이 먹으니 아무것도 뵈는 게 없다더니
눈은 손끝으로 옮겨 간 게지
용케도 풀만 쏙쏙 뽑아내는데
입도 쉬지 않고 놀리는 것인데
끌끌 혀를 차며 젊은것들 어쩌고 하시는 데는
내 뿌리까지 뽑히는 것만 같았지

봄바람이 네 뿌리를 보여 달라고 할 때

햇살은 혀를 내밀며 헤헤거리고
막걸리 한 사발과 나는
먼 산이나 바라보며 딴청이고

오월의 신부

사랑을 알 나이가
그런 때가 따로 있기는 있는 것인가

꽃 분분한 날
볕들도 쌍쌍이었고
이유 없이도
눈물 날 것만 같은 날

성호를 그으며 신부님 단상에 오르고
사회 보는 신랑 친구는
신랑 입장!에 이어 신부 입장!
신부 입장을 연신 외치는데

어쩌자는 건지
신부는
신랑도 하객도 아랑곳없이
당최 어쩌자는 건지
고목나무 아래서

아버지를 껴안은 채

꽃비 맞으며
꽃비 맞으며
신부 입장 외치거나 말거나
신부 화장 지워지거나 말거나

과월호 같은 한 쌍의 연인으로
뺨마다 단풍 드는
꽃 분분한 날
웃거나 울거나
누구라도 웃거나 울거나

봄날

비 개고
황사 걷히고, 간만에
부지런 떠는 햇살
유치원 가기 싫은 딸아이랑
당장 오늘부터
출근을 하지 않아도 되는 사내가
모종삽과 조리를 나누어 들고 집을 나선다
뿌리 내릴 곳을 찾는 것인데
철없는 햇살은
천지 사방에 들까불며 부딪고 나뒹군다
이리저리 해찰하다
동네 뒷산에 이르러서야
쪼그리고 앉은 둘이는
바위틈에서 막 올라오는 연둣빛 소나무를
한참이나 지켜보는 것이었다

산비둘기 한 쌍 아옹다옹하다 날아오른다

작은 연가

좋은 옷 예쁜 옷도 있으련만 꼭 맞게 어울리는 옷으로
차려입는 봄 같은 것

토란 잎에 고인 물방울만큼이나 아슬한 것

고요에 실린 눈이 마음 한구석에 쌓여 가는 것

솜털 보송한 봉오리인가 싶었는데 금새 벙그는 백목련
같은 것

자(尺)라면 햇살의 길이도 잴 수 있을 것이며 저울이라면
침묵의 무게도 달 수 있을 것

태풍을 보낸 뒤의 하늘 같은 것 다시 말해 세 살박이 아
기처럼 언제 무슨 일 있었냐는 듯 까르르 웃는 것

한없이 가볍고 심심한 것

얼른 보면 섣달그믐 떡방앗간에 피어오르는 김 같은 것

다시 보면 햅쌀로 막 지어 놓은 밥에 흐르는 윤기 같은 것

언저리에 맴돌 뿐 도저히 그 깊이를 가늠할 수 없는 것

스스로 느끼는 것이지만 이렇게라도 들려주고 싶은 어떤 말 같은 것

말하자면 그렇다는 것이지 말로는 다할 수 없는 것

잘 빚어진 항아리° 같아서 한 편의 시로 비유하자니 시가 시시해지는 것

'더 말하지 말기로 하자'던 이백 년도 더 된 다산의 편지글 같은 것

보이긴 부끄럽고 그렇다고 숨겨 놓을 수도 없는 것

피기가 어렵지 아름다움이 뭐 대수겠냐고 굳이 피어서 말하는 꽃 같은 것

●클리언드 브룩스.

기적

한 편의 시를 쓰는 것
한 사람의 독자가 읽어 주는 것
한 사람을 알게 되는 것도 그렇지만
서로 사랑하게 되는 것
바닷물이 소금이 되듯 당연한 것이
이 당연한 것들이 누군가에겐 기적

아군의 함성 적들의 고함 소리가
하나의 합창이 되고
포탄이 폭죽이 된다면
폭죽이 저마다의 가슴을 수놓을 때
먼 여행을 떠난 민들레 홀씨가
밤하늘에 별로 뜬다면
박수 소리와 함께
마침내 인류에게 평화가 온다면 그렇다면
기적, 그야말로 기적 같은 기적

햇살 좋고 바람 넉넉한 날
바람 타는 나뭇잎이 배를 뒤집어 보이며
하릴없이 반짝일 때

반짝임을 아무렇지 않게 바라보다
문득 마주한 눈에서 눈부처가 돼 있는
나를 발견한다면
네 안에서 나를
잊고 있던 나를 찾는다면
이 또한 기적적으로 기적

윙크

느리디 느린
그 느림으로 운행하는
숲 속 증기기관차를 위해
한번은
무소처럼 달리던 코란도가 멈춰 서고
또 한번은
누런 털북숭이 개와 함께
나이 지긋해 보이는 노신사가 멈춰 섰다
그들은 그때마다 손을 흔들었다
누가 먼저랄 것도 없이
서로 보이지 않을 때까지

틈

너나 나나
겨울 오는 것이나
봄 오는 것이나
다 그렇고 그런 것
그도 그럴 것이
틈이 없으면 틈을 만들며
틈이 생기면 틈을 메우며
다시 말하면
함박꽃이며 눈보라가 두 눈 가득하거나
새소리며 물소리며가
귀를 한가득 메우는 것이다

모과

이런저런 나무가 많은 최 영감 댁에는
꽃나무가 많지만
사과나무도 있고 감나무도 있고 석류나무도 있어
때가 되면 그럴 듯한 열매를 맺곤 한다

가을도 끝 무렵
그 가운데 별 대접도 받지 못하는 모과나무가
못생긴 모과를 주렁주렁 매달고 있다
찢어지지 않는 게 마냥 신기할 따름
이건 숫제 버드나무처럼
가지마다 아래로
아래로
축축 처져 있다

가을도 끝 무렵
저 죽는 줄 모르고
제 새끼 붙들고 있는 모과나무 아래
혼자 사는 최 영감은
몸 좀 놀렸다고 가쁜 숨 몰아쉬고

철없이 놀다 가는 햇살만 반짝
시간 가는 줄 모르고 반짝이는
가을도 끝 무렵
제비는 날렵하게 떠났고
처마 밑엔
말라붙은 똥 몇 점

공중전

당신이 아는 방식대로 나비가 날고 있다
그 위로
당신이 아는 방식대로 제비가 날아갔다

일은 무슨 일
허공이 생겨났다

당신이나 나나
하늘
아래

적막하다

꽃 피는 봄

—홍섭 형에 기대어

봄날이 서러운 건
꽃 피기 때문
꽃 피어
당신도 피어나기 때문

봄날이 서러운 건
꽃 지기 때문
꽃이 져
행여 당신 아주 질까 싶기 때문

땅끝에서

경계에는 만남이 있다

땅끝에 서서

바다를 본다는 것은

바다의 시작을 보는 것

땅끝에 서서 바다를 본다는 것은

바다의 끝을 보는 것

그 끝에서 하늘과 하나 된 끝 모를 시작을 보는 것

파도를 헤치며

두 눈길이 고요히 만나는 것

제2부

핑퐁

그는 핑이라 했고 그녀는 퐁이라 했다
팽팽한
핑과 퐁 사이 네트에 걸린 사내

렛!●

●탁구, 배드민턴, 테니스 등 종목에서 경기 중 무효 처리되는 상황. 랠리
나 샷으로 카운트 되지 않으며, 다시 경기가 진행된다. 주심은 모든 뜻하
지 않은 장애에 대하여 렛(let)을 선언할 수 있다.

얼룩말 1

그렇지 뛰는 거야
그 뜀으로 경계를 지우는 거야

저 푸른 초원을 뛰노는 얼룩말

어디까지 하얗고
어디까지 검은가
그 경계는 무엇으로 결정되는가

달리는 말은 경계가 없다

얼룩은 경계에서 생겨난
아슬아슬한 말이었다

얼룩말 2

검은 바탕에 흰 줄무늬인가
흰 바탕에 검은 줄무늬인가

흑백논리를 위한
신의 한 수

나의 배경은
나의 선택은

당신을 향해
간신히 벼리어지는
내 녹슨 언어

얼룩말 3

'여백'이라고
먹을 갈아 화선지에
두 글자를 써 넣었다

글자가 써짐으로써
화선지엔 여백이 생겨났다

여백이란 두 글자를 가득 메우며
화선지는 여백으로 가득하다

말문이 틔었다

얼룩말 4

그대가 떠나고
나의 말은 뛰지 않는다
나의 말은 마른 잉크처럼
더 이상 번지지 않는다

거미줄

그날 새벽,
나를 잡고자 친 거미줄이 아니었겠으나
나는 거미줄에 걸렸다

망가진 건 거미줄이었고
나도 거미도
지금껏 사과 한마디 없다

황보탁구클럽[*]

1

침묵을 지르며 금이 간다
천장이며 사방 벽에 바닥에
사십견 오십견이 뼈마디에 스미듯 유리창에까지
실핏줄처럼 간 금은 무엇을 찾아 뻗었는가
방향을 잃고 어긋난 창틀이 덜컹이며 바람을 부른다
틈새로 바람이 불 때마다 부지런한 거미는
직선을 이어 동그랗게 그물을 친다
망가져야 좋을 집을 완성시킨다
집이야 새로 지으면 그만이지
자로 잰 듯 마법처럼
금이 가는 만큼 거미는 실을 뽑고 있다
먼지가 숨죽여 살고 있는 이곳에
한 방울 두 방울 낙숫물 튀어 오른다
틈을 비집고 노오란 떡잎 한 개 두 개 세 개

2

3층의 피아노 소리는 멎은 지 오래

돌아오지 않는 메아리 같은 비유보다
더 낡아 버린 3층 건물의 3층과 1층은
통상 비어 있다고 한다
붉은 플래카드가 걸리고
2층에 오르는 계단만이 닳고 닳아
코 묻은 소매처럼 반질거린다
겨우내 얼어붙었던 수도관
터지고 터져 천장에 물 고였다 떨어지기를 반복하고
저녁은 온다 기다리는 사람 없이도
하루 종일 무엇을 하다 어떻게들 알고
하나둘 이곳을 찾아 모여드는가
모여들어 핑퐁핑퐁
핑퐁핑퐁 대화를 나누는가

3

그물에 걸리지 않도록 조심조심
건너편 테이블에 얹어 주기만 하면
통통 어김없이 튀어 오르는 소통
용케도 서로의 가려운 구석을 긁어 준다

갓 낳은 달걀보다 따뜻한 기운이
깃털처럼 가볍게 날아다니고 있다
신분증 없이도 출입 가능한 곳
통일 되지 않은 복장들의 핑퐁핑퐁
계절이 바뀌도록 핑퐁핑퐁
낙숫물은 저마다의 가슴에 샛강 하나 내놓는다
대책 없이 찾아와 핑퐁핑퐁
봄은 어디로 튀어 오르는가

● 재개발지에 편입된 동네 탁구장 황보탁구클럽은 2012년 봄 홍제고가
도로 철거에 즈음해 그 명을 다했다.

최용혁 매란기

『허삼관 매혈기』는 평등에 관한 이야기라고 저자 위화는 말한다 평등에 관해 이야기를 하려다 보니 불평등에 관한 이야기를 하지 않을 수 없었겠다

매혈기, 허삼관은 말 그대로 피를 팔아 장가도 가고 자식새끼들도 키운다 피 한두 대접이면 몇 달을 쉬지 않고 땅을 파도 모으지 못할 돈을 쓸어 담을 수 있다 하지만 피가 어디 샘솟듯 마구마구 넘쳐 날 것인가 그렇다면 누가 피를 살 것인가 한 번 팔면 석 달 열흘은 쉬어야 함에도 그 기구한 삶이란 당신이나 나를 닮아 사나흘 만에 또 피를 팔아야 할 경우도 있다

대륙의 위대한 작가로 칭송받는 위화의 말마따나 평등을 추구하는 이 이야기에서 끝내 허삼관이 깨닫는 것은 자신의 몸에 나는 눈썹과 좆털 사이의 불평등을 깨닫게 되는 것이니, 나기는 늦게 나도 자라기는 더 길게 자라나는 좆털의 갸륵한 위대함

「최용혁 매란기」는 알을 내다 파는 알량한 인간 최용혁의 이야기입니다 배경이 중국 대륙이 아닌 한반도하고도 서천 어느 시골 동네로 스케일부터 다르고 최용혁이 직접 쓰는 이야기랍니다 이건 여담입니다만 혹 『허삼관 매

혈기』의 옮긴이가 최용만인데 최용혁과 어떤 관련이 있는 거 아닌가라고 생각지 마세요 최용혁은 최용만과는 본래 엮어 볼래야 엮을 것이 없습니다 아무튼 병아리 몇 마리로부터 시작된 이야기 「최용혁 매란기」는 이내 끝나 버릴지도 모릅니다 요즘 농촌 현실이란 게 꼭 그렇다고 합니다

초란농장
—용혁에게

　다음에
　무리하진 마시고 시간 날 때,
　포털사이트 다음에 초란농장이라고 쳐 보세요

　미리 말하지만 그곳에는 시시콜콜한 이야기들뿐인데
　팔십 소년 미당이 아내에게 "시인은 당신이 나보다 더 시인이군! 나는 그저 그런 당신의 대서쟁이구……"라고 한 시구가 절로 떠오를 것입니다
　시를 쓴다고 쓰기는 쓰지만
　글을 쓴다고 쓰기는 쓰지만
　많이 부끄러웠습니다
　초란농장에는 먹고사는 문제부터 시와 글에 관한 이야기가 시글시글 합니다

　　—최용혁 매란기
　　—유정란
　　—자연농법
　　—여우네도서관
　　—공동체

44

배합사료에 관해서
수탉의 늠름함에 관해서
눈물겨운 먹거리와
닭들의 똥구멍만 쳐다볼 순 없는 노릇에 관해서

나도 당신도 다 알고 있는 이야기들을 보면서
서천 장닭에 정수리를 쪼인 듯했습니다
그곳에서 방문자들 이름을 보다 보면
어김없이 당신의 이름을 확인할 수 있을 겁니다

말을 위한 변명

1

수천의 얼굴
수만의 표정을 간직한 가을 숲
구구절절 무슨 말을 하겠는가
기러기 줄지어 날아가는데

줄지어 날아가는 기러기
줄 서서 헤엄치는 오리들
몰려가는 구름과
초원의 양 떼
이것들은 같고도 다른 것
사람이 있고 없고
그 배경에
한 사람이라도 있고 없고

2

태초가 있었다
태초에 태초가 있기 위해

입이 생겨났다
태초부터 태초를 위해 생겨난
입은 아니었지만
태초에 입이 있어
말이 태어났다

태초가 있었다
태초는 말을 낳았고
태초의 말이 되었다
태초의 말은 곧
태초의 말씀이 되었다
말도 말씀도 표정이 있었다
종종 말은 말을 잇지 못하고
침묵을 낳았다
태초에는 침묵만이 있었다

김 과장

김 과장
그는 과장이다

손짓이며 발짓
그 어떤 몸짓이나 웃음
심지어
아주 드물게 보이는 눈물까지도
과장이다

그 과장이
김 과장을 과장 자리에 올렸다

매일매일 거울을 보며
어디까지를 나로 인정해 줄까
묻고 답하고 묻고 답하고
수없는 문답을 스스로도 믿지 못하며

처자식만 없었어도
처자식만 없었어도
공염불을 염불처럼 되뇌며

김 과장은 오늘도 과장이다

회의

그 일이 있은 후
결연하게 시작된 회의는 아직도 계속되고 있다

누가 매달았나
고양이
방울 소리 울리며 떠난 지 오래

아직도
회의는 계속되고 있다

그래서 그러므로 그럼에도 불구하고
회의는 계속되고 있다

누군가는 여전히
회의는 계속되어야 한다고 주장한다

제3부

겨울 강가에서

강가에 선다는 것은
그대 안에서 흔들리는 나를 보는 것
어디로도 흘러가지 못하고
흔들리며 여기까지 와 있는
나를 보는 것이다,
갈대를 배경으로

겨울 강가에 서 보면 안다
맨가슴에 돌멩이처럼 박힌
내 너를 안고 흘러간다는 것은
물 위에 뜬 살얼음으로나 살다 가는 것
깨진 뒤에야 비로소
징검돌처럼 놓이는 것이다, 잠시나마

겨울 강은 출렁이지 않는다
그저 견디는 것이었다
한 조각 얼음도 남아나지 않을 때까지
겨울 강은 다만
꼭 껴안고 있는 것이었다

핑퐁어학원 어느 시인의 혼잣말
—그리하여 미소는, 어디로 가시려는가*

무릇 시인이라면

예쁜 연애시 한 편쯤은 가져야

제대로 된 시인인 게지

넝마 걸친 시인의 평소 지론이자 시시한 시론인데

입이 바쁘고 말로만 시를 쓰니

변변한 시 한 편 갖지 못했음이 자명하다

불혹의 나이에

새삼스레 말(言)을 다시 배워 보겠다고 등록한

핑퐁어학원에 첫 등원하는 날

휘둥그레진 두 눈으로 주춤주춤하는데

먼저 눈인사를 건네는 아낙이 있는 것이다

오, 삐까번쩍!

넝마주이 시인은

첫눈에, 딱!

눈웃음이 하도 예뻐서

핑퐁핑퐁 눈길이 오가다 보면

시 한 편 얻을 것만 같았지

비로소 제대로 시인이 될 것 같았지

하!

시 쓰기는 콩깍지 씌우기

시 쓰기는 콩깍지 벗기기를
하루 이틀 사흘
하하!
작심삼일 언감생심
이내 깨달음이라니
남루하고 누추하여라
어느 세월에 말은 배워 시를 쓰시나
예술은 눈웃음이 예술이라며
진흙 속에 뒹구는 심사
언제쯤 연꽃 한 송이 밀어 올릴까나
그럴듯한 연애시 한 편쯤은 가져야 시인인 게지
그렇지, 무릇 시인이라면

●장석남 시형에게 빌려 쓰다.

개기일식

산다는 게
밥 먹고
시 쓰며 산다는 게

네 주위를 맴도는
책상머리에서 이렇게 서성이는

간혹,
너는 표현되지 않는다
당신에게 완벽하게 가리는 날도 있다

사연

다 아는
이미 오래된 얘기

사마귀가
사마귀를
잡아먹는 것을 본 적이 있다

그 처음과 끝을
더 얘기해 무엇하리

떠나가지 않는 배

—거대한 병동 1

담장 위론 때 이른 넝쿨장미가
사월의 휴일처럼 매달려 있다
꿈꾸는 세상은 꿈에나 있는 거라며
시 쓰는 후배는
바람이 불 때마다
바람과 불만을 털어놓았다
숲을 이루지 못하는 나무들
거울 속엔 낯선 얼굴

실감나게 바람이 불고
사실적으로 노래하고 싶은 가수는
오선에 목을 매거나
건반 밑에 눌려 숨을 죽였다
초록은 동색이라 믿는
어느 누구 하나
서로의 색깔을 확인할 방법이 없었으므로
마침내 노란 리본을 착용하게 됐다
너 나 할 것 없이

모두가 지켜보는 가운데

거대한 배 한 척이 두 동강이 되어 침몰했고
모든 활자는 검게 인쇄되었다
컬러텔레비전은 검은 정장 차림으로
연일 시국 담화문을 발표하는
벌거숭이 임금님을 보여 주고 있다
누구나 눈을 뜨고 있었지만
보기 위한 것이 아니었으며
귀먹고 눈먼 자들은 다 내게로 오라
고 하는 사람들로 거리는 붐비고 있다

일요일은 주일
간절히 기도하겠다고 마음먹은
그 이른 아침에 보았다
어느 누구도
어디로도 달아나지 못했음을

저기 저 저 저
노란 물결 위로 뜬
저기 저 저 저
떠나가지 않는 배

얼룩소

    초원을 반듯하게 가로지르는 도로, 그 도로를 달리는 차 안에서 들은 얘기로, 젖소들을 자유롭게 풀어 놓고 풀을 뜯게 하였다고 한다

    왜?

    풀들은 초원이라는 울타리 안에서 반듯하게 자라지 않아도, 일렬로 나지 않아도 됐으나 반드시 젖소의 발아래 있었다 초원을 가로지르는 도로가 있었고 그 도로를 달리는 차와 차 안의 나와 초원을 초원이게 하는 풀과 젖소가 있었는데 그 가운데 얼룩덜룩 젖소의 얼룩만 얼룩덜룩 제멋대로 자유로웠다

바람아래언덕

극지에서 불어온 바람은 검은 머리칼
억겁의 세월을 손짓하며
바람아래언덕에 고개 숙인 얼굴을 새겨 놓았다

바람아래언덕 위엔
한가로이 풀을 뜯는 소
두 종류로 나뉘는 소는 마음껏 자유롭다
젖이 나오고 있거나
살이 찌고 있는 한

바람아래언덕의
고개 숙인 얼굴이 되지 못하고
표정이 되지 못한 것들은
바람아래언덕 아래 바람아래해변을 펼쳐 놓았다

밤이면 별들은 닳고 닳은 모서리를 숨길 수 없었다
바람아래해변의 더 이상 부서질 게 없는 모래는
어떤 음모에도 끄떡도 하지 않았다

설문

복제인간에 대한 물음에
응답자의 대부분은
자신의 복제가 두려웠지만
한편으로는 많은 재미있는 일이
있을 것도 같았지만
역시 안 되겠다 싶었지만
사랑하는 당신을 복제해
영원히 곁에 두고도 싶었지만
그랬지만

하늘과 땅의 세포를 가지고
절대자 없는 세상을 그려 보기도 하지만
또 다른 절대자에 대한 충성으로
개개인의 대답은 남녀 혹은 연령층으로
또다시 편을 나누고
이율배반적일 수 있는 뭉뚱그려진
퍼센트의 활자가 되어 전달된다
우리라는 이름으로 우리는
우리 안에 갇힌 짐승은 아닌가
이것은 복제인간에 대한 설문이 아니던가

혹, 당신?

오래된 집

구멍이 하나둘 생겨나고
생겨난 구멍이 하나둘 메워지는
사이
그 사이에 쉼 없이 드나드는 것들

말과 침묵과 사람과 사람
사이
그 사이에 집
모두가 떠나간
언제나 그 자리에 있는

미풍에도 흔들리는
폭풍에도 끄떡없는
활활 타오르는
화음이 있고 적막이 있고
깨어 있는 것들 깨우는
잠든 것들 잠재우는

열망,
더 이상 내 것이 아닌

집

오래된

이유

열매는 그다음 일
잎보다 꽃을 먼저 내보내기 위한 것이었으니
사과나무에게 겨울은 그런 것이었으니
참으로 갸륵하다
꽃이 피는 이유만으로

꽃이 피는 이유만으로
내 눈이 내 귀가 새삼 심장박동 소리가
새롭다 내 몸이 내 맘이
꽃이 피는 이유만으로 삼라만상이
다 이유가 되고

다 용서가 되니
울다 울다 울다 지쳐 울던 새들도
갈 것이라 왔다 봄도 사랑도
봄이 오는데 새삼 무슨 이유인가
가려고 온다 봄은
눈물 채 멈추기 전에

천일야화

밤마다
세헤라자데는 도대체 무슨 얘길 하는 걸까

그녀가 정말 하고 싶은 이야기는
하여 마침내
온몸으로 증명하려는 얘기는 무엇이었을까

그녀는 얼굴을 가리고 가슴을 가리고 다리마저 친친 감고
있는데
가리는 만큼 드러내고 싶은 무언가가 있는 것이다

사람을, 사랑을, 세상을 믿는다지만
믿음을 믿지 않는다는
지금
세상이 변한 건가 당신이 변한 건가

당신은 실망할 자격이 없다
당신이 믿음의 믿음을 생각할 때
그녀는 속삭인다, 끝내
끝나지 않을 그녀의 이야기를 듣는다

찬란한 가면

금방이라도 울음을 쏟을 것 같은 얼굴들
간유리는 새파랗게 떨고 있다
조그만 히터 위엔
형편없이 말라 버린 장미가 던져져 있다
장밋빛 인생이란 네온사인에 빛나는 고통일 뿐
가진 자에게 가시란 오히려 신선한 자극이었다
허공을 할퀴는 고양이의 앙탈처럼, 앙증맞게
도시의 사막을 뒹군다 찢겨진 채로
벌레조차도 떨어진 낙엽은 거들떠보지 않았다

기억하고 싶지 않은 기억들은
더욱 선명하다
세월의 골 깊은 주름을 따라 이 시간
천천히 산책을 나가는 사람도 있으리라
히죽이 웃으며 입을 벌릴 때
이빨 사이를 빠져나간 침묵
먼지와 몸을 섞다 누런 잎에 포개어진다, 오로지 빛 안
에서
당장이라도 봉오리를 터뜨릴 것처럼 조화가
배부른 화병에 꽂혀 침묵을 떨구고 있다

자신 있게 말할 수 있다
장담할 수 없는 희망에 대하여
이제는 거두고 싶은 말들에 대하여
나에게도 뜨거웠던 순간이 있었던가
나는 흘러가는가
눈물처럼
투명한 출입문
오르거나 내려서는 계단을 통과하면
신호등은 기다렸다는 듯 깜빡이며 발걸음을 재촉하고
박자에 맞춰 중얼거리던 말들은 보도블록 위에 랩이
되어
낙엽과 함께 밟힌다
어디론가 떠나려 해도
나를 자유롭게 하던 혼자라는 것이 나를 붙든다

어디로 가는가
회색의 조화 속에 종종거리며

늦가을 밤 풍경이 되어 가는

내 얼굴도 뒷모습도 어느덧 도시적
무너지는 것들이 전부는 아닐 거라는
불안한 확신과 가식
주저리주저리 가증스럽다고 느낄지라도
거침없이 주저앉지 않는다
아무렇지도 않은 듯 돌아보는
도시, 그 찬란한 가면

제4부

죽순

묘지 옆

불쑥불쑥 솟아오른

죽순들

저마다의 사연이야 내사 모르지만

단 하나 분명한 것

그들에겐 단단해져야 할 이유가 있다

프로페셔널 칼잡이 ㅎ 씨

학살은 조용하고 차분하게 진행된다

ㅎㅎㅎ

간결한 동작으로 급소에 일침을 가하는 ㅎ 씨
죽음의 삶은 찰나에 완성된다

ㅎ 씨의 손놀림은 둥글다 그 손끝에서
칼끝보다 뾰족한 가시들은 순식간에 드러눕는다
산 죽음이 조금의 가식도 없이 펼쳐지고 있다
ㅎ, ㅎ, ㅎ,

꿈꾸듯 눈을 껌벅이며 꼬리치는 족속들
ㄱ 씨의 망막에 새겨졌다 지워지는,
ㅎㅎㅎㅎㅎ

그리하여 어느 날 새장 속에는

새보다 더 새처럼 생긴 새가
새알보다 더 새알처럼 생긴 알을 품고
새집보다 더 새집처럼 생긴 집에서
새소리보다 더 아름다운 새소리로 노래한다
밤낮없이

라면 박스로 둥지 트는 사람이 늘어 가는
이곳 지하상가에는 밤이 없다

오,
인간보다 더 인간적인 마네킹이
알몸으로 떨고 있다

고장 난 사내

두 개의 창살이 만드는
석 장의 볕이 유일한 낙이었다
아무도 찾지 않는 빈 그네처럼
삐걱삐걱
드물게 움직이는 사내.

사내를 따라
먼지는 하루살이처럼 몰려다니며
더 많은 먼지들을 낳고, 낳고, 낳고
죽어라고 낳고 있거나
앞다퉈 볕에 타 죽는다.

환등기처럼 깜박이는 두 눈으로
간혹,
강물이 출렁이고
한가로이 풀을 뜯는 염소와
나비를 좇는 아이.

사내는 해바라기였다
가부좌를 튼 채

얼굴 가득 검버섯을 박아 넣고
돌고 돌았다 점차
눈동자가 한 몸을 대신하게 됐다

어디선가 백목련 지는 소리.

거미

1

단 한 줄로 말한다

2

나를 거꾸로 매단 건 나다

3

외줄을 타고 있는
나는
한없이 가볍거나 견딜 수 없이 무겁다

4

직선도 잇다 보면 곡선이 되는가
둥근 둥지
집!

5

내가 친 그물로
내가 잡은 먹이
내 것이 아닐 수도 있다

6

건드리기만 건드려라
밥줄!

작가, 내일을 여는

책을 받아 들면 기쁘고 설렌다

계간지면 일 년에 네 번이니
그래 봐야 이모작 곡식보다 흔한 것
문단에서 제법 나간다 하는 시인이며 소설가가
표지의 얼굴마담을 하지만
뒤표지를 보시라
김태희다! ㅎㅎㅎ
그렇지, 주인공은 맨 뒤에

시인이며 소설가가
한 계절을 글로 옮겨 오고
발행인과 편집위원은 점잖게 이름을 올려놓았다
밥상머리에 둘러앉은 식구들
이 바닥에서 밥을 먹는 나는 조금은 안다
참이슬 앞에 두고 전하는 말씀
'오늘 소주 한잔할까?'
아, 김태희가 아니라면

내일을 여는 작가는 세상에 나올 수 없다

작가를 이런 식으로 둘로 나누긴 뭐하지만
내일을 여는 작가가 있다면
내일을 열지 못하는 작가도 분명 있을 터
그들은 누구의 호명을 받으며
누굴 위해 어디서 무엇을 쓰고 있을까

책을 받아 들면 기쁘고 설렌다
그 기쁨과 설렘이 채 가시기 전에
든 생각을 이렇게 옮겨 적어 본다
내일을 여는 작가
그 작가들에 대한 갈증도 갈증이요
이게 또 갈등이기도 하지만
정말이지, 궁금하다
내일이 오기는 올 것인가
그나저나 제목 참 좋다
내일을 여는 작가

꽃을 든 사람들
―망월동

    달은 차면 기울었다 절망의 등을 두드렸지만 희망을 토
해 낼 수는 없었다 모두가 떠난 자리 까마귀가 쪼아 놓은
비문은 더 이상 비문이 아니었다 다만 홀로 어둠만이 지
극히 눈뜨고 있으니,

    앞서거니 뒤서거니 불꽃을 켜들고
    너와 내가 찾아들 뿐이다
    너와 내가 앞서거니 뒤서거니 찾아들어
    분주히 이곳을 밝히는 것이다

돌 속 봄 이야기

 돌아왔다 봄이 오고 지난봄에 던진 돌이 돌고 돌아 돌아왔다 봄은 돌이다 봄날엔 돌을 던질 일이다 사연이야 어찌 됐든 아무래도 혁명은 있어야겠다[*]는 시인 뒤에 숨어서라도 돌을 던져야겠다 돌 속에는 누가 먼저랄 것도 없이 예수와 석가 공자가 자리 잡고 있다 염치 불고 안면 몰수 아무런 수식도 없이 돌 속에는 외출을 준비하는 하르방이 있고 돌 속에는 단 한 번도 튀어 오르지 못하고 하품하는 바람 빠진 공이 있다 돌 속에는 겨울을 나는 매화 봄을 건너는 천리향 돌 속에는 돌 속에는 단 한 번도 날갯짓을 하지 못한 새가 있다 돌 속에는 누구도 차마 꺼내지 못한 고요의 말씀이 있으니 돌 속에는 한갓 시가 되지 못한 시가 침묵하고 돌 속에는 그대로 돌이 된 돌이 있다 돌 속에는 봄날이면 잊지 말고 꺼내야 할 돌이 있다 봄날엔 돌아오지 않는 돌을 향해서라도 팔이 빠지도록 돌을 던질 일이다 봄날엔

아버지의 바다
―서해에서 1

뻘이 훤히 드러난 바다
가만히 서 있기가 부끄럽습니다
부지런한 갯것들 참으로 분주하고
당신으로 물드는 얼굴, 순간순간

흔적을 남기며 살아가는 것들
쫓고,
쫓기며,
살기 위해,
흔적을 지우며 살아가는 것들
이들에게도
저마다 이름이 있습니다

때를 놓치고 찾아간 식당 '어부의 딸'에는
어부도 딸도 없고
때를 맞춰 밥을 먹듯
때 아닌 때를 노려 밥을 먹는 사람이 있습니다

저무는 바닷가는
먹고살아야겠다는 눈길로 번득입니다

어머니의 바다
—서해에서 2

철 지난 바다
파도가 몰려올 때마다
고함치는 사람이 있습니다
뻘밭,

지금 때가 어느 땐데
다 때가 있는 것이라던
신신당부가 새겨집니다
가슴속,

철이 지나 철들 듯
비로소 드러나는
구멍 숭숭한 민낯

혀 짧은 앵무새의 긴 독백

너무도 명백하다
틀릴 수도 있고 맞을 수도 있다는 것이
우습기도 하지
나 자신 믿지 않지만
세상에 나밖에는 없다는 생각이 자꾸 드니
불확신은 불투명했고 늘 불안했다
언제 끊어질지 모르는
삶의 모서리에서 줄을 타고 있다
실핏줄 같은 가느다란 생의 곡예
더 큰 칼은 어디에나 존재하고
가장 잘 드는 칼은 아주 작은 칼이었다
간혹, 근육과 펜 혹은 카메라도 무기로 사용되었다

밤이면 보았다 고독과 환멸의 찌꺼기를 날리며
도시의 검은 혈관을 따라
질주하는 화려한 피톨들을
그리고 나는 보았다 노을이 지는 밤
하늘을 찌를 듯한 십자가며
불빛을 향하는 발길들이 빨려드는 어둠을
종기처럼 솟은 빌딩들의 변주곡 안에서

나 역시 하나의 얼굴을 가지고 있었지만
이내 우리 모두는 똑같은 표정을 배우게 됐다
누구의 간섭도 필요 없다 그것은
가장 편리한 서로의 일상이다

나른한 어느 날
찬송가와 진혼곡을 구별하지 못한다
지하도 입구에서 들려오는 목탁 소리가
타일을 하나, 둘 떨어뜨릴 때
어떤 소리는 더 잘 들렸지만 대부분
나와는 거리가 먼
너무 큰 소리였기 때문에 신경 쓸 필요는 없었다
피는 몸 밖으로 빠져나올 수 없다
뜨겁다고 느끼는 순간 차갑게 식어 버리는 것
때가 되면 흐르기를 멈추는 강과 바람은 무엇이 영글어
가는 것을 보았을까

23.5도가 기울어져 있었지만
애당초 느끼지 못했던 것을
망각이라고 할 수는 없다 어떤 이유에서든

가장 높이 솟아 있는 것은 언제나 중심이 되었으며
그 끝은 하늘을 향하고 있다
더 높은 곳에 오르면 보였다 밤이면
스스로가 얼마나 많은 자신이 쏘아 대는 불빛과 경쟁하며
달리고 교차하는가를

내 몸에도 언젠가 체증이 일 것이다
꽃 피는 도시 어디에서도 볼 수 있는 것은 없다, 단지
보일 뿐

골든타임
―거대한 병동 2

눈치 없이 눈물은 흘러내린다

이곳에서 가장 어려운 것은 숨 쉬는 것이다
이곳에서 가장 고마운 것은 숨을 쉴 수 있다는 것이다
이곳에서 가장 눈물겨운 것은 붙어 있는 숨이다

무릎 꿇고 두 손 모은 사내
외투 덮고 새우잠을 자는 아이
링거도 숨죽이고 숨만 숨이다

컵라면 익어 가는 데 3분 먹는 데 3분
다이너마이트 심지 같은 담배 한 개비 타들어 가고
부팅에 3분 걸리던 컴퓨터가 실려 나간다

누구에게나 시간이 주어지지만 같은 시간은 어디에도
없다

TV는 검은 오리발을 착용한 바닷속 수색대와
시도 때도 없이 오리발을 내미는 입만 살아 있는 자들을
번갈아 보여 주고 있다

병실 한구석엔 장기간 방치된 감자
물큰 썩어 가며 파릇한 싹을 틔운다
땅에 묻히길 희망하지만 그조차 요원한 생애도 있다
세월이 가면 세월호는 어떤 항해를 하게 될까

배고픈 자에게 배는 늘 고프다

무슨 생각을 하고 무슨 말을 할 수 있단 말인가
TV는 타들어 가는 심지처럼 지직거리고
볼리비아 소년의 질주는 계속된다
막장이 있는 한 오늘도 다이너마이트를 설치하고

주어진 시간 3분

경계를 지우는 순정의 노래

이홍섭(시인)

1.

고찬규 시인의 시집 원고를 처음 받아 보았을 때 가장 먼저 들었던 생각은 무려 12년 만에 두 번째 시집을 묶는 시인의 심정은 어떨까 하는 것이었다. 동년배 시인들이 서너 권 이상의 시집들을 펴낼 때 그는 무슨 생각을 하며 그 많은 시간들을 견뎠을까 하는 점이 궁금해졌다.

시는 무엇인가가 저 깊은 내면에서 끓어올라야 써지는 장르이다. 적어도 거품이라도 부글부글 올라와야 시를 쓰고자 하는 발심(發心)이 생기는 장르이다. 이 발심을 위해 시인은 때로는 고도의 집중을, 때로는 무한한 이완을 거듭한다. 하지만 이러한 싸움은, 발심을 위한 부단한 노력은 시인의 안과 밖을 둘러싼 여러 가지 요인들에 의해 좌절되기 십상이다. 어떤 요인이 시인의 발심을 잡고 있었을까?

그렇지 뛰는 거야
그 뜀으로 경계를 지우는 거야

저 푸른 초원을 뛰노는 얼룩말

어디까지 하얗고
어디까지 검은가
그 경계는 무엇으로 결정되는가

달리는 말은 경계가 없다

얼룩은 경계에서 생겨난
아슬아슬한 말이었다

—「얼룩말 1」 전문

　이번 시집에는 '경계', '사이' 등의 시어들이 곳곳에 흩어
져 있다. 이 시어들은 어느 한쪽, 어느 한편을 향하지 않
고 이들이 만나는 지점, 이들의 접점에 주의를 집중한다
는 공통점이 있다. 위의 작품에서도 얼룩말은 흰색과 검
은색의 '경계'를 지우는 존재이다. 이 '경계'는 말의 뛰는
행위에 의해 지워진다. 역으로 말하면, 뛰지 않으면 '경계'
는 '경계'로 남는다. 뜀으로 '경계'는 얼룩으로 변하고, '얼
룩말'은 비로소 자신의 이름에 걸맞은 실존을 완성한다.

이 시가 여기에서 그쳤으면, 그냥 '얼룩말'의 실존에 관한 스케치 정도에 머무르고 말았을 것이다. 그리고 '뛴다'는 행위에 이 시의 모든 초점이 맞춰졌을 것이다.

그러나 시인은 여기서 한 발 더 나아간다. 마지막 구절 "얼룩은 경계에서 생겨난/아슬아슬한 말이었다"가 첨부되면서 이 시의 초점은 앞부분과는 전혀 다른 곳으로 향한다. 이 구절은 시인이 이 작품에서 궁극적으로 겨냥하고자 한 것이 '얼룩'이라는 말에 있음을 알게 해 준다. 즉, 시인은 '얼룩'이라는 말이 지닌 언어적 진실을 구명하고, 여기에 시인 나름의 고유한 해석을 부여하기 위해 이 시를 쓴 것이다.

이러한 언어적 진실 구명과 고유한 해석 부여는 이번 시집의 두드러지는 특징 중의 하나이다. 위의 작품에서 시인은 "어디까지 하얗고/어디까지 검은가/그 경계는 무엇으로 결정되는가"라고 묻는다. 이러한 물음은 다음 작품에서도 이어진다.

검은 바탕에 흰 줄무늬인가
흰 바탕에 검은 줄무늬인가

흑백논리를 위한
신의 한 수

나의 배경은

나의 선택은

당신을 향해
간신히 벼리어지는
내 녹슨 언어

—「얼룩말 2」 전문

　시인은 '흑백논리'가 던지는 질문 앞에서 "나의 배경"과 "나의 선택"에 대해 자문한다. 그리고 힘겨운 어투로 "당신을 향해/간신히 벼리어지는/내 녹슨 언어"라고 덧붙인다. 위의 두 시에서도 알 수 있듯이 시인의 고민은 '흑백논리' 앞에서 '나의 언어'를 찾을 수 있을까 하는 점에 놓여 있다. 시인은 더 나아가 나의 말이 "아슬아슬"하고, "녹슨" 상태가 아닐까라고 묻고 있다. 시인의 말은 '흑백논리'로 무장한 현실 속에서 늘 아슬아슬하고, 또한 녹이 슬었다. 시인은 이 "녹슨" 언어를 "간신히" 벼린다. 이 "간신히"라는 말 속에 그의 오랜 침묵이 자리 잡고 있었던 것은 아닐까. 지난 2004년에 펴낸 첫 시집 『숲을 떼메고 간 새들의 푸른 어깨』에서 고찬규 시인은 우주 만물이 서로를 비추어 주는, 불교에서 말하는 '화엄 세계'를 보여 주었다. 대표작으로 손꼽히는 「만종(晚鐘)」은 이러한 화엄 세계가 빚어낸 장관이었다. 그러나 오랜 침묵을 딛고 펴내는 이번 시집에서 시인은 이 화엄 대신, 만물들 간의 '경계'와 '사이'를 들고 왔다. 아래의 시는 그가 어떤 싸움을 거쳤는지

잘 보여 준다.

'여백'이라고
먹을 갈아 화선지에
두 글자를 써 넣었다

글자가 써짐으로써
화선지엔 여백이 생겨났다

여백이란 두 글자를 가득 메우며
화선지는 여백으로 가득하다

말문이 틔었다

— 「얼룩말 3」 전문

진정한 여백은 '여백'이라는 말 속에 있는 것이 아니라, 그 말을 쓰는 순간 생겨난 여백 속에 있는 것이 아닌가라고 묻고 있는 이 시는, 언어와 삶이 지닌 '슬픈 역설'을 그려 내고 있다. 여백 속에서만 말문이 트일 수 있다는 시인의 토로는, 그가 요즈음의 일반적인 시인들과는 완연히 다른 체질의 시인임을 증명해 준다.

2.

앞서 말했듯이 이번 시집에서 시인은 '경계'와 '사이'에 대한 고찰을 보여 준다. 시인은 이 접점에 대한 고찰을 통해 우리의 굳어진 관념, 시멘트처럼 딱딱해진 관념에 균열을 내고자 한다. 이러한 균열 내기는 언어에 대한 숙고, 일상에 대한 성찰, 사회에 대한 비판 등 다양한 방식을 통해 전개된다.

시인은 「말을 위한 변명」에서 "태초가 있었다/태초는 말을 낳았고/태초의 말이 되었다/태초의 말은 곧/태초의 말씀이 되었다/말도 말씀도 표정이 있었다/종종 말은 말을 잇지 못하고/침묵을 낳았다/태초에는 침묵만이 있었다"라고 노래한다. 언어와 침묵에 대한 사유를 담고 있는 이 작품에서 시인은 말의 시원(始原)으로 거슬러 올라간다. 태초의 말에는 표정이 있었고, 그 위에는 침묵만이 있었다는 시인의 탐구는 '침묵의 언어', '언어의 침묵'에 관해 오랫동안 숙고했음을 여실히 보여 준다.

시인은 '오래된 집'을 두고도 "사이/그 사이에 집/모두가 떠나간/언제나 그 자리에 있는"(「오래된 집」)이라고 노래한다. 이 시에서 집은 말과 침묵 사이, 사람과 사람 사이에 존재한다. 이들이 떠나도 집은 언제나 그 자리에 있다. 중요한 것은 침묵이 말과 같은 비중을 지니고 있다는 점이다. 말과 침묵이 사람과 각각 동격을 이룬다. 말이 곧 사람인 것은 일반적인 생각이지만, 침묵이 곧 사람인 것은 일반적인 생각이 아니다. 따라서 시인에게 있어 '침묵'은 기존의 언어, 기존의 관념에 대한 균열 내기의 도구로써 작동한다.

일상에 대한 성찰은 또 어떤가. 시인은 「그리하여 어느 날 새장 속에는」에서 "새보다 더 새처럼 생긴 새가/새알보다 더 새알처럼 생긴 알을 품고/새집보다 더 새집처럼 생긴 집에서/새소리보다 더 아름다운 새소리로 노래한다/밤낮없이//라면 박스로 둥지 트는 사람이 늘어 가는/이곳 지하상가에는 밤이 없다//오,/인간보다 더 인간적인 마네킹이/알몸으로 떨고 있다"라고 노래한다. 시인이 바라보는 현실은 가짜가 진짜보다 더 진짜처럼 보이는 세계 속에 있다. 시인은 "인간보다 더 인간적인 마네킹"이 "알몸으로 떨고 있"는 세계와 마주하고 있다.

시인은 이러한 현실 속에서 "혀 짧은 앵무새"가 되어 간다. "종기처럼 솟은 빌딩들의 변주곡 안에서/나 역시 하나의 얼굴을 가지고 있었지만/이내 우리 모두는 똑같은 표정을 배우게 됐다/누구의 간섭도 필요 없다 그것은/가장 편리한 서로의 일상이다"(「혀 짧은 앵무새의 긴 독백」). 시인은 똑같은 표정과 편리한 일상 속에 전개되는 현실 앞에서의 말하기를 "혀 짧은 앵무새의 긴 독백"으로 희화화하며 자조한다. 이 역시 그를 침묵으로 내몬 중요한 요인들 중의 하나일 것이다.

언어에 대한 숙고와 일상에 대한 성찰은 자연스럽게 사회에 대한 비판으로 이어진다. "우리라는 이름으로 우리는/우리 안에 갇힌 짐승은 아닌가"(「설문」), "장밋빛 인생이란 네온사인에 빛나는 고통일 뿐/가진 자에게 가시란 오히려 신선한 자극이었다"(「찬란한 가면」), "이곳에서 가장 어려운 것은 숨 쉬는 것이다/이곳에서 가장 고마운 것은 숨을 쉴 수 있다는 것이다/이곳에서 가장 눈물겨운 것은 붙어 있는 숨이다"(「골든타임—거대한 병동 2」). 시인의 비판은 언어의 틀과 언어가 빚어낸 관념을 부수며, 때로는 희화적인 방식으로 때로는 통렬한 목소리를 그대로 드러내는 방식으로 전개된다.

3.

고찬규 시인이 이번 시집에서 '경계'와 '사이'에 대해 거듭 숙고하는 것은 앞서 분석했듯이 우리의 굳어진 관념에 대한 깊은 회의와 성찰이 있었기 때문이다. 그 회의와 성찰의 맨 꼭대기에는 '언어'가 자리 잡고 있다. 언어에 대한 성찰은 침묵에 관한 성찰로 이어졌고, 이것이 시는 물론, 시 쓰는 행위 자체에 대한 회의를 낳았던 것은 아닐까 하는 추측을 가능케 한다.

그러나 이번 시집은 이 좌절과 회의의 기록만이 아니라, 이를 딛고 일어서는 치유와 회복의 기록이기도 하다.

경계에는 만남이 있다

땅끝에 서서

바다를 본다는 것은

바다의 시작을 보는 것

땅끝에 서서 바다를 본다는 것은

바다의 끝을 보는 것

그 끝에서 하늘과 하나 된 끝 모를 시작을 보는 것

파도를 헤치며

두 눈길이 고요히 만나는 것

—「땅끝에서」 전문

시인은 '경계'에서 '만남'을 발견한다. "땅끝에 서서" 바다를 보면서 비로소 바다의 시작과 끝을 보고, "그 끝에서 하늘과 하나 된 끝 모를 시작"을 본다. '땅끝'도 '경계'이고, "바다의 끝"도 하늘과 맞닿는 '경계'이지만 이 '경계'는 끝이 아니라 "끝 모를 시작"일 뿐이다. 시인은 이 경계 속에서 '만남'을 발견한 뒤, "파도를 헤치며//두 눈길이 고요히 만나는 것"이라며 순한 어조로 말한다. 이 순한 어조는 앞서 살펴본 「얼룩말」 연작의 긴장된 어조와는 사뭇 다르다. 이 '만남'의 발견을 치유와 회복의 전조로 볼 수 있는 것도 바로 이 때문이다.

이번 시집에는 시인이 이 '만남'을 위해 시의 안팎에서 고투한 흔적들이 곳곳에 배어 있다. '탁구시'라고 명명할 수 있는 일련의 작품들과, 기존의 시 쓰기 방식을 탈피해 형식과 내용 면에서 과감성을 보이고 있는 작품들이 바로 그것이다.

「핑퐁」 「황보탁구클럽」 「핑퐁어학원 어느 시인의 혼잣말」 등 탁구를 소재로 삼은 일련의 '탁구시'들은 '만남'과 '소통'의 방법에 관해 질문을 던진다. "핑퐁핑퐁 대화를 나누는가", "건너편 테이블에 얹어 주기만 하면/통통 어김없이 튀어 오르는 소통/용케도 서로의 가려운 구석을 긁어 준다"(「황보탁구클럽」)라는 구절에서 알 수 있듯이 시인에게 탁구는 대화이자 소통의 도구이다. 이 시에 들어 있는 다음과 같은 구절, "틈새로 바람이 불 때마다 부지런한 거미는/직선을 이어 동그랗게 그물을 친다/망가져야 좋은 집을 완성시킨다"에는 그의 탁구 철학, 아니 소통의 철학이 담겨 있다.

시인은 탁구를 소재로 한 이 대화와 소통의 전개를 연애와 사랑에 관한 담론으로 끌어올리려 한다. 「핑퐁」 「핑퐁어학원 어느 시인의 혼잣말」은 이에 관한 시들이다. 시인이 탁구장을 말을 배우는 어학원에 비유하고, 탁구를 연애의 차원으로 끌어올리는 것은 소통을 통해 진정한 만남을 성취하고자 하는 열망 때문이다. 그러나 그 열망이 성공했느냐 하는 것은 별개의 문제이다. 시인이 "남루하고 누추하여라", "진흙 속에 뒹구는 심사"(「핑퐁어학원 어느 시인의 혼잣말」)라고 탄식하며 시의 제목에 "혼잣말"을 넣은 것은 이의 성취가 결코 쉽지 않다는 것을 잘 보여 준다. 시인에게 탁구, 말하기(시 쓰기), 연애는 만남과 소통이라는 측면에서 그 담론의 층위가 같다. 또한 이들은 현실 세계에서는 완전한 성취를 이룰 수 없다는 공통점을 지니고 있다. 이들은 영원한 현재 진행형 속에 있고, 시인 또한 이를 알고 있다. 그럼에도 불구하고 시인은 "대책 없이 찾아와 핑퐁 핑퐁/봄은 어디로 튀어 오르는가"(「황보탁구클럽」)라고 노래한다. 시인은 아마도 탁구를 멈추지 않을 것이다.

시인은 앞서 살펴보았듯이 일련의 '탁구시'에서 기존의 시 쓰기 방식에서 탈피한 모습을 보여 주었다. '어깨에 힘 빼고 쓴 시'라 할 수 있는 이들 작품은 「작은 연가」 「최용혁 매란기」 등 형식과 내용 면에서 좀 더 과감성을 보인 작품들과 함께 시인이 이번 시집에서 지향하고자 하는 세계의 일단을 보여 준다. 기존의 시 쓰기 방식까지도 탈피하여 파격적인 시도를 하는 것은, 소통과 만남을 통해 시와 삶의 영역을 확장하고자 하는 시인의 고투(苦鬪)라 할 수 있다.

시인의 이 고투는 노동과 일상이 분리되지 않는 건강한 세계, 글과 삶이 하나가 되는 행복한 세상을 향해 나아간다. "나에게도 뜨거웠던 순간이 있었던가"(「찬란한 가면」)라고 묻던 시인은 이와는 전혀 다른 목소리와 톤으로 다음과 같이 쓰고 있다.

배합사료에 관해서
수탉의 늠름함에 관해서

눈물겨운 먹거리와

닭들의 똥구멍만 쳐다볼 순 없는 노릇에 관해서

나도 당신도 다 알고 있는 이야기들을 보면서

서천 장닭에 정수리를 쪼인 듯했습니다

그곳에서 방문자들 이름을 보다 보면

어김없이 당신의 이름을 확인할 수 있을 겁니다

—「초란농장—용혁에게」 부분

　　이번 시집에서 가장 활활한 느낌을 주는 위의 작품은
같은 실명이 들어 있는 시 「최용혁 매란기」에 이어지는 작
품이다. 시인은 이 시의 전반부에서 미당 서정주가 아내
에게 한 말 "시인은 당신이 나보다 더 시인이군!"을 떠올
린 뒤 시 쓰기의 부끄러움에 관하여 토로하면서 뒤이어
위의 인용 부분을 쓰고 있다. 시인은 초란농장 주인의 글
에 부끄러움을 느꼈다고 썼지만, 사실 시인이 부끄러워하
고 부러워하는 것은 초란농장 주인의 삶이 지닌 건강성
과 그가 영위하고 있는 일상의 자잘한 행복에 있다. 시인
은 여기에 자신의 감정을 이입하며 독자까지도 더불어 호
명한다. 이번 시집에서 형식과 내용 면에서 가장 자유로
운 느낌을 주는 이 두 작품은 시인이 꿈꾸는 세상이 어디
인가를 짐작케 해 준다. 그 세상은 노동과 일상이 분리되
지 않는 건강한 세상, 글과 삶이 하나가 되는 행복한 세상
이라 할 수 있다. 앞에서 감상한 일련의 '탁구시'들이 일종

의 '연애시'와 같다면, 이들 일상의 건강함을 다룬 시들은 일종의 '살림시'라 할 수 있다. 연애는 '당신과의 관계' 속에서, 살림은 '세상과의 관계' 속에서 형성된다. 시인은 이번 시집에서 이 두 관계에 대하여 동시에 질문을 던지고 있는 셈이다.

이 두 관계가 둥근 원처럼 하나가 되는, 시인이 진정으로 충일감을 느끼는 세계는 계절로 표현하면 봄의 세계와 같다. 이번 시집의 앞부분에 실린 시들이 대부분 그 계절적 배경을 봄으로 삼고 있는 것은 결코 우연이 아니다. 시인이 노래하는 봄은 "바위틈에서 막 올라오는 연둣빛 소나무"(「봄날」)처럼 건강하고, "이유 없이도/눈물 날 것만 같은 날"(「오월의 신부」)처럼 행복으로 충만하다. 시인이 봄날의 행복을 향유할 수 있는 것은 '경계'에서 '만남'을 발견하고, 건강한 세상에 대한 꿈을 꿀 수 있게 되었기 때문이기도 하지만 무엇보다 세상에 대한 관용이 생겼기 때문에 가능했다. '느림'에 관한 경의를 표하고 있는 시 「윙크」, "틈이 없으면 틈을 만들며/틈이 생기면 틈을 메우며"라고 노래하는 시 「틈」은 이러한 관용의 결과물이라 할 수 있다. 이번 시집에서 일부 드러난 이 세계는 아마도 다음 시집에서 전면화될 것으로 추측된다.

지금까지 살펴보았듯, 고찬규 시인이 12년 간의 침묵 끝에 펴내는 이번 시집은 그 긴 시간만큼이나 좌절과 극복의 기록을 다 담고 있다. 그래서 아래 작품은 각별하게 다가온다.

한 편의 시를 쓰는 것

한 사람의 독자가 읽어 주는 것

한 사람을 알게 되는 것도 그렇지만

서로 사랑하게 되는 것

바닷물이 소금이 되듯 당연한 것이

이 당연한 것들이 누군가에겐 기적

아군의 함성 적들의 고함 소리가

하나의 합창이 되고

포탄이 폭죽이 된다면

폭죽이 저마다의 가슴을 수놓을 때

먼 여행을 떠난 민들레 홀씨가

밤하늘에 별로 뜬다면

박수 소리와 함께

마침내 인류에게 평화가 온다면 그렇다면

기적, 그야말로 기적 같은 기적

햇살 좋고 바람 넉넉한 날

바람 타는 나뭇잎이 배를 뒤집어 보이며

하릴없이 반짝일 때

반짝임을 아무렇지 않게 바라보다

문득 마주한 눈에서 눈부처가 돼 있는

나를 발견한다면

네 안에서 나를

잊고 있던 나를 찾는다면

이 또한 기적적으로 기적

—「기적」 전문

　　한 편의 시를 쓰는 것에서부터 출발하여, 사랑과 인류의 평화를 거쳐, 잊고 있던 나를 찾아가는 염원으로 번져가는 이 작품은 한 편의 아름다운 노래처럼 들려온다. 이 아름다운 노래가 시인의 노래만이 아닌, 이 땅에 발 딛고 살아가는 우리 모두의 노래처럼 들리는 것은 이 노래 속에 맑은 눈을 지닌 순정함이 녹아 있기 때문이다. 그러니 그동안 시인은 얼마나 힘이 들었겠는가. 또한 이 아름다운 노래 속에는 얼마나 많은 기적이 눈뜨고 있는가.